Collection MADAME

Madame
FARCEUSE

Madame
FARCEUSE

Roger Hargreaves

Écrit et illustré par Adam Hargreaves

Madame Bonheur regarda par la fenêtre et pensa à toutes les catastrophes de la semaine.

Il y en avait eu beaucoup.

Vraiment beaucoup.

Quelques-unes des catastrophes n'étaient pas
trop graves.

Comme les cordes de la raquette de tennis
de monsieur Grognon transformées en spaghettis.

Et le dentifrice à la menthe qui remplaçait la crème dans les gâteaux de monsieur Glouton.

Mais il y avait des catastrophes plus graves.

Comme la douche de madame Vedette qui l'avait couverte d'encre de la tête aux pieds.

Et les fissures peintes sur les murs de la maison
de monsieur Inquiet.

Il avait tellement peur que sa maison s'écroule
qu'il s'était réfugié dans le cabanon au fond du jardin.

Enfin, il y avait aussi des catastrophes vraiment catastrophiques.

Quelqu'un avait scié en deux la voiture de monsieur Étourdi.

Heureusement, monsieur Étourdi n'était pas trop inquiet. Il croyait simplement que l'autre moitié était restée à la maison.

Quelqu'un s'était glissé dans la maison de madame Proprette pendant qu'elle était en vacances, et avait ouvert tous les robinets.

Madame Proprette était très contrariée.

Personne ne savait qui avait fait tout ça,
mais madame Bonheur avait sa petite idée.

— Madame Farceuse, dit-elle tout bas.

Les farces de madame Farceuse n'étaient pas drôles.
Vraiment pas drôles.
En fait, pas drôles du tout.

Comment pouvait-on la piéger ? C'était la question que se posait madame Bonheur.

Puis elle eut une idée.
Une très bonne idée.

Le lendemain, sur la grand-place, on annonça un concours du plus coquin ou de la plus coquine, de celui qui aurait fait la meilleure farce de la semaine. Le premier prix était un merveilleux voyage.

— Facile ! se dit madame Farceuse. Le merveilleux voyage est déjà pour moi.

Le jour du concours arriva.

A midi, une grande foule était rassemblée.
Une scène avait été montée au milieu de la place.

Madame Bonheur demanda le silence.
— Chaque concurrent, expliqua-t-elle, viendra sur scène
et décrira sa meilleure farce. Puis le jury annoncera
le gagnant. On commence par madame Farceuse !

Madame Farceuse était impatiente de monter
sur scène.

Elle était très excitée.

Elle avait passé toute la nuit à choisir sa meilleure
ou sa plus méchante farce, mais elle avait eu du mal
à se décider.

Donc elle décida de les décrire toutes. Les cordes en spaghettis de la raquette de tennis de monsieur Grognon, la maison de madame Proprette.
En détail.

Elle s'était tellement laissé emporter qu'elle ne remarqua pas que la foule était devenue silencieuse et que les visages avaient changé d'expression.

Madame Bonheur était la seule à avoir le sourire,
un sourire moqueur, et tout à coup madame Farceuse
se rendit compte qu'elle s'était fait piéger.

— Euh !.. C'était… euh ! c'était seulement une blague,
dit-elle en bégayant.

— Avez-vous autre chose à dire ? demanda
madame Bonheur.

— Euh !… Je suis… désolée.

Ce fut une bonne leçon.

Madame Farceuse mit du temps à réparer
toutes les catastrophes et à nettoyer la maison
de madame Proprette.

La voiture de monsieur Étourdi ne sera plus
jamais la même. Heureusement, il a oublié
à quoi elle ressemblait.

Madame Farceuse ne recommencera plus jamais.

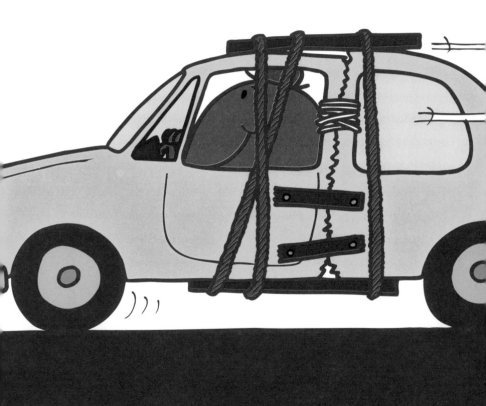

Quelqu'un d'autre pourrait en dire autant.

Monsieur Farceur.

Qui s'éloigna furtivement de la place et rentra
discrètement chez lui où il poussa un soupir
de soulagement !

RÉUNIS VITE LA COLLECTION ENTIÈRE
DE **MONSIEUR MADAME...**

... UNE FRISE-SURPRISE APPARAÎTRA !

Adaptation française : Christine Pommier
Dépôt légal n° 43217 - février 2004
22.33.48.15.02/1 - ISBN : 2.01.224815.2
Loi n° 49-956 du 16 juillet 1949 sur les publications destinées à la jeunesse.
Imprimé et relié en France par I.M.E.